EEN BOCHT IN
DE TIJD

EEN BOCHT IN DE TIJD

ALDIVAN TORRES

aldivan teixeira torres

Contents

1 Een bocht in de tijd   1

I

Een bocht in de tijd

Een bocht in de tijd
Aldivan Torres

Auteur: Aldivan Torres
©2019 – Aldivan Torres
Alle rechten voorbehouden

Dit boek, inclusief alle onderdelen ervan, is auteursrechtelijk beschermd en kan niet worden gereproduceerd zonder toestemming van de auteur, doorverkocht of overgedragen.

Aldivan Torres, afkomstig uit Brazilië, is een geconsolideerde schrijver in verschillende genres. Tot op vandaag zijn er titels die in tientallen talen zijn gepubliceerd. Al op jonge leeftijd was hij altijd een liefhebber van de kunst van het schrijven nadat hij vanaf de tweede helft van 2013 een professionele carrière had geconsolideerd. Hij hoopt met zijn geschriften een bijdrage te leveren aan de internationale cultuur, en het plezier wekt om mensen te lezen die nog niet de gewoonte hebben. Je missie is om de harten van elk van je lezers te winnen. Naast literatuur zijn de belangrijkste smaken muziek, reizen, vrienden, familie en het plezier om te leven. „Voor literatuur, gelijkheid, broederschap, rechtvaardigheid, waardigheid en eer van de mens altijd" is zijn motto.

Een bocht in de tijd

Bezoek

Ik leer de site kennen

De eerste uitdaging: Wijsheid

Het geassimileerde leren van "wijsheid"

Bezoek

Na de oplossing van het tweede avontuur van de Ziener, keerde ik terug naar de normale routine van het werk, het sociale contact en de intermenselijke relaties. Ik was lang zonder contact met Renato, de voogd of zelfs de Hindoe en de priesteres, wandelende metgezellen. Tot op een mooie zonnige dag, toen ik genoot van een moment van vrije tijd met mijn familie, hoorde ik een dunne stem me van ver roepen. Terwijl ik mijn visie op stem richtte, zaten mijn ogen vol met tranen, zoals ik mijn weldoener herkende die me had geholpen mijn uitdagingen te overwinnen en de gevaarlijkste grot van de wereld op mijn eerste reis naar de berg te betreden.

Toen ik dichterbij kwam, ging ik haar begroeten, gaf haar een kus en een grote knuffel. Ik heb de gelegenheid gebruikt om je aan mijn moeder en mijn broers voor te stellen. Het contact was kort, maar intens. Discreet, ze vroeg me om een privégesprek. Ik heb de uitnodiging geaccepteerd en samen gingen we naar mijn kamer om meer privacy te hebben. Onderweg, onze ogen kruisten en die van haar gaf me vertrouwen en tot op zekere hoogte een dosis mysterie. Met een paar stappen gaan we de kamer binnen, ze prijst het decor, ik dank u en bied een stoel beschikbaar terwijl ik in bed zit. We gaan van onder tot hoofd en het begint de dialoog.

"Is het een genoegen om je weer te zien, zoon van God, zoals je bent geweest? Ik ben hier omdat ik een wolk van twijfel en onzekerheid voel die boven je leven hangt, je evolutie als helderziende en als een man belemmert. Ik denk dat ik u kan helpen door u te dienen om de weg te wijzen, zoals in onze eerste vergadering. Ben je klaar om nog een keer een kans te wagen?

"Het is ook een genoegen je weer te zien. Je hulp was van diepgaand belang voor mij om mijn project in de literatuur te starten en ik sta al in het derde boek. Ik waardeer alles. Ja, het is waar, ik ben gevuld met twijfels over mijn verleden, vandaag en mijn onzekere toekomst, ondanks alle beloften die ik van de hogere geesten heb ontvangen. Ik heb een pad nodig. Ik moet meer ontwikkelen. Wat moet ik dan doen?

"Als ik naar je kijk, herinner ik me een jonge man met dezelfde problemen en met dezelfde verlangen. Het is een voorouder van je, Vietor, de ziener. Hij overwon zijn moeilijkheden, bestudeerde magie en ontwikkelde zijn geschenken door hem in alles de winnaar te maken. Zijn familie is een ontwikkelde spirituele afkomst die zelfs wonderen kan verrichten.

"Ik heb van Vietor gehoord. Sommige van jullie daden hebben mijn generatie bereikt. Ik weet niet of ik zoveel potentie of moed heb als hij. Zeg me voogd, heb ik een kans?

"Vraag je me zoiets? Heb je van een simpele dromer ooit uitdagingen gewonnen, geconfronteerd met de meest gevaarlijke grot ter wereld, begrepen en vond de antwoorden op je donkere nacht van de ziel en nog steeds twijfels? Vertrouw jezelf meer en ga verder met je pad. Wat kan ik u vertellen is dat uw potentieel goed is en als een ziener kan wonderen verrichten in tijd en ruimte?

"Bedankt voor het compliment. Wat moet ik dan doen?

"Je moet opgeleid worden door een speciaal persoon die de eerste zes geschenken van de Heilige Geest domineert. Deze persoon heet Angel en hij is 13. Hij leefde als jonge man met Victor en was speciaal in zijn leven. Om te vinden, moet u naar de Fundão site, plattelandsgebied Pesqueira, in dezelfde gemeente. Hij woont in een eenvoudig huis met rieten daken, hier. Eenmaal daar, zul je je zaak beter begrijpen en uiteindelijk kun je de sluier van tijd ontwikkelen en ontrollen om je problemen op te lossen.

"Ik snap het. Ik heb gehoord van de Fundão plaats en ik weet waar het is. Het is dichtbij. Wanneer moet ik gaan?

"Onmiddellijk. Pak je koffers en zeg je familie gedag. Maar daarvoor heb ik een verrassing.

"Niet vergeten dat ik altijd aanwezig was om hem te helpen. (Voltooid Renato)

"Wat een interessant verhaal. Ik moet toegeven dat ik een fan ben voor je pogingen om voor een droom te vechten. Veel mensen geven de eerste moeilijkheid op. Veel geluk en succes onderweg. (Geloofd Geronimo)

"Dank u, dank u. Verhoog de snelheid Ik kijk uit naar de stichting en leef nieuwe ervaringen. (De Ziener)

"Ik ook. (Renato)

"Het is in orde. Hou je gordels vast. (Geronimo)

De auto versnelde en we namen snel, via snelweg BR 232, de Rosario site, het dorp Novo Cajueiro, de Riacho Fundo site, het Ipanema Dorp, onder andere. Op dit moment waren we al dicht bij het hoofdkwartier van de gemeente Pesqueira. Tot we plotseling een knal hoorden en de auto werd een beetje afgewezen. We schreeuwden met grote angst, maar Geronimo was een goed ervaren chauffeur en wist hoe hij de situatie moest beheersen. Je bent in veiligheid gekomen langs de weg. We stapten uit de auto om te controleren wat er gebeurde en Geronimo kalmeerde ons, liet zichzelf zakken, trok zijn shirt uit en verwisselde de band die hij had doorboord. Deze manoeuvre duurde ongeveer dertig minuten en we maakten de gelegenheid om te drinken. Toen alles geregeld was, stapten we weer in de auto, vertrokken langzamer, kwamen in Pesqueira en namen een omweg. Deze weg zou ons naar onze bestemming leiden. Dit deel van de reis duurde ongeveer dertig minuten tussen gesprekken, ontdekkingen en veel angst van ons. Bij aankomst bij de plaats, gingen we een beetje rondjes tot we iemand vinden die ons leidde en na veel shuttles kwamen we bij het kleine huis waar Angel woonde. We betalen voor het ticket, we stappen uit de auto met de tassen, we nemen afscheid van Geronimo, hij vertrekt en we naderen het huis. Een beetje saai, we gingen nog verder en klopten op de deur die op een pot stond. Vijf minuten later, een figuur van een dunne, skelet oudere presenteerde zichzelf met een glimlachend, maar enigszins gesloten gelaat. Waaraan dank ik de eer van het bezoek van twee zulke mooie jonge mannen? Vraag het hem als je de deur opent.

"Mijn naam is Aldivan, maar je kunt me ook de zoon van God, goddelijke of ziener, mijn andere namen noemen. Deze die me vergezelt heet Renato en is mijn avontuurroman. Samen zijn we van je komen leren als we mogen. (Verklaard)

"Ik heb van jullie gehoord. Je roem is de grenzen overschreden. Het is een eer om je bij me te hebben. Ik help je wat nodig is. Welk onderwerp wil je in? (Antwoord de oudere)

"De voogd heeft ons verteld dat je de eerste zes geschenken van de Heilige Geest beheerst, en we moeten ze begrijpen om verder te evolueren. (Rapporteer Renato)

"We moeten een lijn creëren van cadeaus met mijn middelmatigheid en onontwikkelde helderziendheid om het vandaag, verleden en toekomst te begrijpen dat ons omringt en we begrijpen het niet. (I aangevuld)

"Weet je zeker waar je het over hebt? Het ontwikkelen van de geschenken van de Heilige Geest is een gezonde houding, maar als het verband houdt met de middelgrote, kunnen ze een kosmische onevenwichtigheid tussen de twee werelden creëren en hen zelfs waanzin laten ontstaan. Het is gevaarlijk wat je me vraagt en iemand in het verleden heeft veel geleden aan je keuzes. Wat als het weer komt? (De oude man)

"We wisten niet dat het risico zo groot was, maar ik kan niet langer tegen mijn stigma's en de spirituele contactlijn. Het is een groot martelaarschap. Ik heb dringende hulp nodig. (Ziener)

"Rustig. Leg je hoofd neer. (Orde Engel)

Ik heb snel gehoorzaamd. Ik stond stil en zachte handen gleed uit op mijn hoofd. Ik voelde stralen van energie doordringen mijn gekwelde geest en ze gaven me een beetje opluchting. Ik sloot mijn ogen, zei een gebed en voelde me nog beter. Op een gegeven moment trok Angel zijn handen terug en liep een beetje weg en stond na te denken, met zijn rug naar ons. Toen hij zich omdraaide, vertaalde zijn blik een beetje mysterie vermengd met verdriet.

"Weet je, zoon van God, je deed me denken aan

iemand waar ik zoveel van hield in het verleden. Zijn naam was Vietor en hij was een spiritueel ontwikkelde man. Vergeleken met jullie, was hij meer ervaren en vastberadene, onbeleefd, de typische landman terwijl je onschuldig, zuiver, gevoelig, een aardig persoon bent. In dit geval is dit voor jullie een nadeel in deze wereld omdat het leven mooi, maar wreed en uitdagend is. Dit maakt wat je wilt maken nog ingewikkelder. Maar er is een kans als je de risico's wilt nemen, lijden en alles wilt doen. Ben je klaar? (Gevraagd meester)

"Ja. Ik ben niet helemaal hier gekomen om te praten. Ik sta meestal voor hetzelfde als gigantische uitdagingen. Ik zal doen wat je zegt. Alleen met informatie, Vietor was mijn familie. (Goddelijk)

"Vertrouw hem, Angel en me. We zullen uw advies opvolgen en we zullen niet teleurstellen. (Aanvullende Renato)

"Oké. Ik vond Renato's besloten toon leuk en Aldivan... dat je ook van de Torres familie bent? Ik begrijp waarom je zo bent. Het is familie. Maar weet je echt iets over Vietor verhaal? (Angel)

"Ja, een beetje. Iedereen noemde hem wijs. Ik hoorde dat je veel spirituele geheimen kende en magie beheerste. Heb ik potentieel zoals hij? (De zoon van God)

"Ja, je potentieel is enorm omdat je een krachtige geest hebt. Maar laat je niet voor de gek houden. Je pad is niet hetzelfde als die van Vietor. Je bent een andere persoon, vrij van ondeugden, puur, vol licht, met een mooie uitstraling en zou je niet toestaan dat je het aantast. God wil dat je zo blijft omdat hij je als een zoon behandelt. Ik zal je helpen je gaven te ontwikkelen, je verlangens te beheersen en het spirituele plan beter te begrijpen. Je hebt alleen begeleiding nodig om niet in vallen te vallen of in de "Donkere nacht van de ziel" opnieuw. Maar alles heeft zijn prijs en je bent bereid om te betalen? (Engel)

"Natuurlijk. Wat is de prijs? (De ziener)

"Op het juiste moment zul je het weten. Volg me en je metgezel voorlopig ook. (De meester)

Angel ging het huis binnen, begeleidde hem en onderdak aan onze spullen bij de rechterdeur van de enkele overspanning van het huis. Hij zei dat we moesten gaan liggen. Ik op een bed van gras en Renato in de hangmat. Hij zei dat we moesten kalmeren en rusten van de reis. Wat zou er vanaf dat moment gebeuren? Blijf bij, lezer.

De ontdekking van de ontmoeting van twee werelden.

We gehoorzamen onze huidige meester, Angel. We gaan liggen en proberen onze zorgen te vergeten. Met veel kosten, konden we wat bij beetje ontspannen en op een bepaald moment verloor ik mijn zintuigen. Toen ik in slaap viel, liet mijn geest mijn vlees los en begon ik een ongewone astrale reis te maken. Ik nam mijn weg uit het materiële vlak en ging snel door duisternis, licht en een tussen vliegtuig genaamd de stad van de mensen. Ik was blij met de ervaring, maar ik mocht hier niet lang blijven.

In detail zal ik mijn ervaring uitleggen. In de duisternis liep ik door de afgrond en ik kan beschrijven dat het een donkere plek was, vol vulkaanparken verspreid over het oppervlak en kwade mensen en engelen werden gestraft, vertaald in verschrikkelijke en lijdende wezens. Mijn bezoek was om je te waarschuwen dat het koninkrijk ten einde kwam en ik schreeuwde het tegen de vier winden. Ik heb echter niet geïntimideerd en als reactie werd ik gepakt door een wezen dat naar me staarde en zei: – Ga weg, je hoort hier niet thuis. Verpest ons niet voor op de tijd. Ik antwoordde met een ander antwoord: weet je met wie je praat? Het wezen was niet onder de indruk en zei: ik weet goed wie je bent. Maar dit is mijn koninkrijk en ik ben geboren om te regeren. Na dat antwoord, duwde een kracht ons weg en deze keer naderde ik het licht. Ik ging snel het paradijs in, ontmoette gezegende broeders, vol van licht, die deel uitmaken van een goed georganiseerde samenleving, die werkt voor het succes van onze eigen, buiten spirituele bescherming. Toen ik me in deze spirituele realiteit ontwikkelde en het koninklijke paleis naderde, voelde ik me beter en gelukkiger. Ik kreeg toestemming om Gods verblijf in te gaan en te overwegen Zijn glorie te overwinnen. Bij binnenkomst is het moeilijk om in woorden de grootheid ervan te beschrijven. Ik kan alleen maar zeggen dat ik een grote helderheid heb gekregen en er kwamen lichtstralen die mijn bestaan in complete communie, alsof we één waren, volledig met elkaar verbonden. Ik voelde een mengsel van vrede, verlossing, liefde en geluk samen nooit eerder ervaren door een stervelinge. Na de ervaring met God en mijn vader, trok mijn geest weer weg en naderde het spirituele vlak dat het dichtst bij de aarde stond, de stad van de mensen. Ik werd goed ontvangen, en ze leven in spirituele steden zoals de onze. Bij deze gelegenheid kon ik vele broeders zien, maar ik kon ze niet benaderen vanwege mijn ontwikkeling. Maar van het weinig dat ik heb gezien, zijn ze zoals wij, tussen geesten, veel geliefd door God en die dezelfde behoeften hebben als toen ze nog leefden, of het nu gaat om voedsel, liefde, seks, gevoelens en dat moet altijd gerespecteerd worden. Sommigen mochten me vergezellen om me te beschermen tegen mijn vijanden en me advies te geven als ik het nodig had. Na een korte tijd verliet ik het spirituele vlak, reisde ik snel op het pad, en toen ik het aardse vliegtuig bereikte, richtte ik me op mezelf. Plotseling werd ik overspoeld in een witte rook die mijn spirituele lichaam snelheid maakte, een tunnel binnenging die me door het verleden, vandaag en toekomst laat gaan, maar zonder het te visualiseren. Toen ik aan het einde van de tunnel kwam, voelde ik een sterke aanraking. Op hetzelfde moment werd ik wakker met enorme vermoeidheid na het leven van zoveel intense spirituele ervaringen. Naast me was Angel, met een glimlach op zijn gezicht.

"Wat is er? Heb je over de engelen gedroomd? (Angel)

"Ik heb net een vreemde droom gehad, een astrale reis zonder grenzen. Ik ging naar de hel, naar de hemel, naar de stad van mannen, en ik heb mijn hele geschiedenis doorzocht. Maar ik begrijp nog steeds niet waarom dit alles is. (Goddelijk)

"Het is normaal. Jullie hebben enkele van jullie grenzen getest en wanneer jullie volledig ontwikkelen zullen jullie volledige toegang tot deze plaatsen hebben. Kennis zal je uniek maken op aarde. Maar haast je niet of te snel conclusies trekken. Laat het lot zichzelf volledig tonen. (Adviseerde Engel)

"Ik snap het. Wat is de eerste stap? (Ziener)

"Sta op en laten we een wandeling maken. Ik wil je een paar van mijn wereld en je voorouders laten zien, Victor. Misschien maakt dit je gevoeligheid een beetje wakker. (De oudere)

"Het is in orde. (De Ziener)

Ik stond op van het bed, we benaderden Renato, we wekten hem wakker en hij kwam uit het net. Samen gingen we met zijn drieën naar de uitgang, met Angel die als gids dient. Wat wachtte er op ons? Kunnen we ons volledig ontwikkelen? Blijf bij, lezer.

Ik leer de site kennen

Toen we het rieten dak huis verlieten, koos Angel een spoor naar het noorden en begeleidde hem zonder zich te vermenigvuldigen. We lopen langzaam, waardoor we de kans krijgen om contact te krijgen met natuur en landklimaat. We vinden alles prachtig, anders en onbekend. Terwijl we lopen, breekt Angel de stilte en begint een beetje van zijn verhaal te vertellen:

Renato en Aldivan, precies honderd en dertien jaar. Veel van deze tijd hier op deze site en voor mij is dit de beste plek ter wereld. Hier heb ik kennis over de natuur, God en mensen. Ik hield van, leed, huilde, zoals elke normale persoon en het advies dat ik geef is om de ervaringen zonder angst op te geven. Het is beter om spijt te hebben van wat je gedaan hebt dan je nooit gedaan hebt. Ik was zo gelukkig en als ik sterf, zal ik tevreden zijn.

"Dat is interessant. Ik heb ook veel ervaringen geleefd, ondanks dat ik minder dan een derde van je leeftijd ben. Ik zoek mijn weg en ik wil dit avontuur meer vervullen. Ik heb de " tegengestelde krachten verzameld, begrepen het complexe "Donkere Nacht van de ziel" en nu ben ik op zoek om mijn geschenken te ontwikkelen. Maar ik moet bekennen, ik heb niet van het leven genoten zoals ik zou moeten, vanwege mijn eigen vooroordelen. (I, de ziener)

"Ik ben veertien jaar oud en mijn ervaring komt neer op het leven in een ingewikkelde familie waar mijn vader me dwong om continu te werken en kon niet eens studeren. Na zoveel lijden, besloot ik weg te lopen en de voogd me geadopteerd. Ik kon toen studeren en spelen als ieder normaal kind en werd gekozen om een jonge dromer te helpen in zijn doel om de wereld te veroveren. Nu, hier ben ik met hem op een nieuw avontuur. (Renato)

"Oké. Jullie zijn een perfecte dubbele. Ik had ook een gezelschap als jongeman en we waren op zoek naar gerechtigheid, vrede, spirituele ontwikkeling in een samenleving vol vooroordelen. We konden niet alles overwinnen omdat die tijden moeilijk waren. Maar ik beken dat ik toch gelukkig was. (Angel)

"Dat is goed. Ik hoop ook gelukkig te zijn en

professioneel te presteren. Renato, bedankt voor je steun. (I, de ziener)

"Je bent uit het niets. Ik doe alleen mijn plicht. (Renato)

Het gesprek voor de stilte teugels en we blijven lopen. We vouwen rechts, links op verschillende plaatsen en op een bepaald punt komen we tot een bladeren en gigantische boom. Angel stop en vraag ons hetzelfde te doen. Hij knuffelt toch, maar kan haar niet omarmen. Hij wordt emotioneel, huilt, lacht, ervaart eindelijk een explosie van gevoelens in een paar seconden. Dan gaat hij zitten en gaan we met hem mee.

"Weet je wat dit voor mij betekent? Het staat voor een symbool van liefde, vriendschap en gezelschap. Omarm deze boom met je ogen dicht en voel het.

We gehoorzamen de meester en op hetzelfde moment voel ik een sterke dwaas, het bloed kookt, de wereld draait, en het lijkt erop dat ik de geliefde onder ogen zie. Het is sterk wat ik voel en ik vergeet alle obstakels, schuld, problemen en ik voel dat het echt de moeite waard is lief te hebben zelfs als de andere persoon het niet herkent. Ik word dapper, schreeuw de naam van de persoon en zeg, ik hou van je. Ik hoef me nergens zorgen over te maken, want aan mijn kant zijn mensen van mijn volledige vertrouwen. Na XTC, zit ik een tijdje te huilen. Renato zit ook en huilt, maar hij vertelt ons over zijn pure ervaring dat we geheimhouden om het te bewaren.

We hebben wat meer gepraat, nagedacht en afgesproken om de tour voort te zetten. We gaan nu naar een andere weg naar het zuiden. Het begin van de nieuwe wandeling is een beetje vermoeiend omdat we eerder intense emoties hadden ervaren, maar het was nog steeds uitdagend en nadenkend. Bij elke stap die we hebben genomen, vonden we een nieuwe wereld waar onze voorouders leefden en de geschiedenis creëerden en nu was het aan ons om de wereld te veranderen. Als we erover nadenken, gaan we snel en stoppen een paar keer om te drinken. Op een gegeven moment opent het pad en toont ons een uitgebreide rotsachtige vlakte. Angel nodigt ons uit om dichterbij te komen. Hij vraagt ons om te gaan zitten, we gehoorzamen en vertellen ons wat over de geschiedenis van die plek.

"Dit was de afgesproken ontmoetingsplaats tussen onze groep burgerwachten uit het achter-

land en de beroemde cangaceiros van Virgulino
bende. Hier ontmoeten we elkaar en handelen we
af met onze actie tegen de elites van die tijd. Goede
tijden. We werden als helden beschouwd door het
volk in het algemeen. We waren echter op zoek
naar een beetje gelijkheid en gerechtigheid.

"Wat mooi. Als we vandaag dergelijke acties
zouden ondergaan, zouden we niet zoveel problemen en vooroordelen in onze samenleving hebben.
(Ik zei)

"Ik ben het met je eens, helderziende. Maar in
de laatste tijd hebben we bepaalde acties gezien
die prijzenswaardige veranderingen vereisen.
(Aanvullende Renato)

"Ja, het is waar. Jonge mensen zijn niet anders
dan die van jullie. De situatie is veranderd. Er is
veel verbeterd sinds mijn tijd hier, maar er is nog
iets om aan te doen. Het ligt in je handen: wil je
acteren of gewoon kijkers van het leven zijn? (Angel Vraag)

"Act. Mijn doel om schrijver te zijn is avonturen te leven, spiritueel te evolueren, Gods weg
te tonen, demystificeren en te helpen vooroordelen te vernietigen, te leren en te leren. Ik heb al

twee fasen overwonnen en ik ben van plan om op hetzelfde pad te blijven. (Verklaard, zie

"Mijn doel is om de ziener te begeleiden en te helpen, dit worstelende wezen, die op een dag voor mij vocht en die toonde dat dromen mogelijk zijn. Ik wil goede tijden aan je zijde hebben en van je gezelschap genieten. Er zijn er weinig die dit voorrecht hebben. (Renato)

"Dank je, Renato. Wat is de volgende stap, Meester? Aldivan

"Rustig. We leren elkaar nog steeds kennen. Laten we verder gaan met de tour. (Gedachte Engel)

Dat gezegd hebbende, we veranderden weer van richting en deze keer liepen we naar het westen. Nu blijkt het pad steen te zijn en dat maakt het een beetje moeilijk. Maar de inspanning blijkt een beloning te zijn, omdat we elk moment met het milieu, met Meester Angel en met de herinneringen hebben ontvangen. Alles ging goed tot dat moment. We blijven lopen tussen gesprekken, tussen dierlijke geluiden, ademen de frisse lucht van het bos, met de verschroeiende hitte van het jaar, te midden van twijfels en glinsterende verlangen van ons onderbewustzijn. Maar het was het allemaal waard en we gingen verder met de ontdekking. Na ongeveer 40 minuten op dit pad, komen we voor de ruïnes van een modderhuis aan. We stoppen en Angel vraagt je mee te gaan. We gaan naar wat het huis was en de rest van een muur aanraken, ik heb daar blinkende visioenen van ervaring geleefd: ik zie misverstand, schok van gevoelens, lust, licht en duisternis, wijsheid en kennis verspild in de "Ontmoeting tussen twee werelden". Ik word ruis met alle informatie die ik kreeg en, als ik me realiseer dat ik mijn moeilijkheid heb, leent Angel me hulp door me van de as te halen. Ik val op de grond, vervaagde. Renato en hij geven me een zorg zodat ik mezelf kan herstellen.

"Rustig, zoon van God. Ik had je moeten vertellen dat je voorzichtiger moest zijn met je gevoeligheid. Hier was de woning van zijn vorouder Vietor Torres en daar ontwikkelde hij zijn geschenken. Wat heb je gezien? (Vraag de oudere)

"Een beetje van zijn zintuigen. Maar het ging allemaal te snel. Ik werd een beetje bang en leed er nog meer voor. (Openbaar de ziener)

"Het is voorbij. We zijn hier bij je. (Said Renato)

"Eigenlijk hoef je niet bang te zijn. Je bent iemand anders, we zijn in een ander tijdperk en de situaties zijn anders. Wees gewoon een beetje voorzichtig en beheers je gave die nog in ontwikkeling is. Ik zal je leren wanneer we beginnen met onze training. Voorlopig, je moet weten dat dit een van de juiste plaatsen is om barrières van tijd, ruimte te overwinnen en de deuren open te maken naar de andere wereld. Wie weet hoe je zijn macht beheerst kan alles in het leven veroveren en zijn vijanden verslaan. Er zijn geen grenzen," legde Angel uit.

"Dat begrijp ik. Ik ben bereid mijn grenzen te kennen en volledig mijn lot te ontdekken, zelfs als het risico's met zich meebrengt. Het is nodig voor mijn carrière en voor mijn spirituele en menselijke evolutie. (Verklaard, zie

"We zijn gewend aan risico's. (Aanvullende Renato)

"Ga zo ver als je kunt. Dit proces is niet onomkeerbaar. Je kunt het opgeven op elk moment, sluit je spirituele deuren en afstand doen van dit geschenk. Het gaat allemaal om keuze. Kunnen we verder gaan met de tour? (De Meester)

We bevestigen dat, ja. We lieten de ruïnes van het huis achter en namen een ander pad naar het oosten. Het nieuwe begin van lopen opent mijn perspectieven meer, waardoor ik meer hoop heb op succes. Overtuigend voor alles, Renato en Angel blijven me begeleiden en de nodige kracht geven op de juiste tijden. Wat zou er van me worden? Ik had geen idee, maar ik zou mijn reis voortzetten, ongeacht welke hindernissen of gevaren ik liep.

We blijven lopen. Als de vermoeidheid toeslaat, stoppen we en zoeken naar een schaduw van een boom om te rusten. Daartoe dwaalden we een beetje van het pad af en toen we de boom vonden we beschutting en stortte in op de grond. Angel lacht en hervat de dialoog.

"Ben je ook moe, zoon van God? Ik dacht dat superhelden van ijzer waren. (Engel)

"Hij praat niet eens. Ondanks al mijn predicaten ben ik een gewoon persoon over zwakheden, aspiraties, angsten en rusteloosheid. Maar ik weet hoe ik sterk moet zijn als het moet. (Opmerking, de ziener)

"Ik ben het ermee eens. Ik heb hem op twee avonturen begeleid en ik kan zeggen dat hij wist hoe hij de verwachtingen van zijn meesters kon nakomen. Hij ging terug in de tijd, loste onrechtvaardigheden op, keerde terug naar de berg, leerde over zijn dodelijke zonden, reisde naar een eiland, ging aan boord van een piratenschip en deed het goed. (Renato)

"Het is interessant. Maar weet dat het ontwikkelen van de geschenken grotere lef van jullie vereist dan van de vorige tijden. Deze keer zullen belangrijke keuzes moeten worden gemaakt. (Angel)

"Welke bijvoorbeeld? (Ik vraag het, de ziener)

"Rustig. Het is nog geen tijd. Beheers je angst, want het kan je in de weg staan. (De oudere)

"Het spijt me, het spijt me. Ik heb uitgerust. Zullen we verder gaan? (Ziener)

"Bent u het ermee eens, Renato? (Angel)

"Ja. Kom mee. (Renato)

We vertrokken snel, hervatten het pad in stilte en bij elke stap overwinnen we obstakels. Het weer is aangenaam, we zijn stil en niets lijkt op dit moment onmogelijk ondanks de enorme uitdaging om naar die landen te gaan. We vouwen links, rechts, ontmoetten mensen, begroetten ze en op deze shuttle kwamen we na een uur lopen naar een uitgebreide vlakte, zonder vegetatie, omringd door rode rotsen. In het midden, een grote rots. Angel vraagt Renato om te blijven en verder met me naar het centrum te gaan. We klimmen op de rots, hij nodigt me uit om te gaan zitten en dan te gaan liggen. Vraag me om mijn ogen te sluiten, gehoorzaam en voel ik ervaren handen op mijn hoofd landen. Alsof het regen was, voel ik stralen van energie die mijn gedachten doordringen, net als de vorige keer. Maar deze keer, in plaats van me te kalmeren, maakt me rusteloos door de visioenen dit beetje bij beetje op het scherm van mijn geest onthullen. Ik zie pijn, onderdrukking, vervolging, laster, misverstanden, problemen van liefdevolle relatie en vriendschap, eenzaamheid, strijd, mislukkingen niet altijd, maar uiteindelijk een levendig licht. Ik probeer dicht bij het licht te komen en als ik dichtbij kom, ben ik uit elkaar. Naast me is Angel, een beetje serieus.

"Heb jij een zoon van God gezien, wat wacht jou? We hebben niet altijd alles in dit leven, weet je? (Angel)

"Ja, maar ik probeer het. Het is mijn droom,

sinds ik een kind was, en niet alle moeilijkheden in de wereld zullen me tegenhouden. Aan het einde van dit alles is er een licht. Hoe bereik je het? (Vraag het de kleine dromer)

"Dit antwoord alleen je kunt ontdekken in je. Ik ben gewoon een pijl die het lot je voorop heeft gezet net als je andere meesters. Als je altijd naar me wilt luisteren, zelfs als ik bewusteloos ben, zul je waarschijnlijk slagen. Ik zeg dit niet met trots, maar met de nederigheid van degenen die al lang, honderd en dertien jaar hebben geleefd en alles hebben meegemaakt in dit leven. Je zegt alleen, ja. (Angel)

"Ja. Ik zal naar je luisteren en het geheim van de zeven geschenken leren. Daar zal ik hard voor werken. (Goddelijk)

"Oké. Ik hou van vastberaden jongeren. Laten we nu teruggaan, Renato wacht op ons. (De Meester)

"Het is in orde. Kom mee. (De Ziener)

We verlieten de steen, keerden terug op hetzelfde pad, vonden Renato weer en samen gingen we keren terug naar het strohuis. We namen een kortere weg omdat de dag vooruitging. We gaan door verschillende plaatsen, we leven nieuwe ervaringen, we ontmoeten meer mensen, we praten een beetje om elkaar beter te leren kennen en zo gaat de tijd voorbij. Als we het niet verwachten, bereiken we onze bestemming. We gaan het huisje binnen, gaan naar de keuken en bereiden een snel eten. Toen we eten, kregen we wat kracht en toen het laat was besloten we een dutje te doen. Ik, in het gras bed, Renato, in de hangmat, en Angel, op de grond. Wat wachtte er op ons? Blijf bij, lezer.

We werden samen wakker door toeval. Bij het controleren van de tijd, hebben we gecontroleerd of het al 18.00 uur was. Angel, vriendelijk, nodigt ons uit om hem te helpen het vuur te maken om ons op te warmen en ons te verlichten in plaats van het elektrische licht dat hij weigerde te installeren. We accepteren de uitnodiging, nemen het bos en houten stroppen achter het huis en nemen het naar voren. Als we een goede stapel krijgen, leert Angel ons hoe we vuur moeten maken met de stenen. Na een paar pogingen, hebben we het lukt en bleven om op te warmen, naar de sterren kijken, genieten van de nachtbries en chatten. Een beetje van onze gesprekken wordt hieronder getranscribeerd:

"Kijk eens wat een wonder de wereld die God

ons heeft gegeven. Elke ster in de hemel is zijn zoon, net als we. We mogen onze tijd niet verspillen aan vooroordelen, ruzie, intriges en geweld. Omdat de tijd snel voorbijgaat en we moeten ervan genieten alsof het de laatste was. (Angel)

"Je hebt gelijk. Ik heb nog niet van mijn leven genoten zoals ik zou moeten en spijt hebben. Ik was een jonge man die opgevoed werd in de starheid van het katholieke geloof en het begrip van zonde dat me geleerd werd is totaal anders dan wat ik vandaag geloof. Alles voor mij was een zonde en dus stopte ik met interessante ervaringen. Op een dag werd ik wakker in de realiteit en beschouw alleen de houding die anderen of jezelf tot zonde laat lijden. Vandaag ben ik gelukkiger dan ik was, ook al ben ik nooit mijn geloof kwijt. (I, de ziener)

"Jammer. Het spijt me dat de voogd me goed heeft geleid en in de tijd over licht en duisternis. Vandaag ben ik een gelukkige tiener, vol vriendschappen en avonturen. (Renato)

"Goed, Renato. Het was jammer, Aldivan. Maar je bent nog jong. Je hebt genoeg tijd voor alles. Ik heb in mijn tijd ook een soort onderdrukking ervaren voor het feit dat ik een aparte seksuele keuze heb. Toch heb ik gevochten voor waar ik in geloofde. Ik beken dat ik niet helemaal gelukkig was, maar ik had een leuke tijd. Ik hield van, huilde, leed, leefde intens veel gevoelens. En jullie? Heb je ooit ervaring gehad? (De meester)

"Ja, gedurende mijn dertig jaar van leven, heb ik veel mensen ontmoet. Ik werd drie keer verliefd toen ik het vuur van de liefde voelde schreeuw in me en ik kan zeggen dat het geweldig is. Hoewel niet overeengekomen, dank je voor de ervaring en ik ben bereid om nieuwe uitdagingen op dit gebied te nemen. Ik wil ook investeren in literatuur, wiskunde, persoonlijke relaties. Ik zoek geluk en ik verdien het. Trouwens, iedereen verdient het. (Opmerking, de ziener)

"Ik heb nooit liefde ervaren omdat ik er niet oud genoeg voor ben, noch mijn focus. Ik wil voorlopig nieuwe vrienden maken. (Renato)

"Natuurlijk. Het is normaal. Maar wees voorzichtig met liefde. Soms doet hij veel pijn. (Angel)

"Angel, verander van onderwerp, kun je ons beter uitleggen hoe onze training zal plaatsvinden? (Ziener)

"Het wordt zes stappen. Elk vertegenwoordigt

een geschenk van de Heilige Geest. Elk met een ingewikkelde uitdaging. Als ze goedgekeurd zijn, gaan ze eruit. Als de laatste komt, je bent klaar om het uitdagende verhaal de eerste keer te ontrafelen. (Hij legde uit)

"Ik snap het. Wanneer beginnen we? (Renato)

"Morgenochtend. Maar laten we er later over nadenken, omdat Jezus zei: Elke dag, je bezorgdheid. Let op de hemel en dank je voor het leven. (De oudere)

We gehoorzamen de meester en brengen lange tijd door naar de hemel te kijken. Toen we helemaal uitgeput waren, namen we afscheid en gingen slapen. De volgende dag verborg hij intrigerende avonturen in een ongebruikt einde van de wereld.

De eerste uitdaging: Wijsheid

Dawn op de Fundão site. We werden duizelig wakker met de zonnestralen die onze gezichten raakten en het melodieuze zingen van vogels. Zelfs de strijd tegen luiheid en vermoeidheid, slaagden we erin om de tweede poging op te staan en terug te keren uit het huis om het ochtendblad te nemen. In onderlinge overeenstemming, ga ik eerst. Ik neem een emmer water, vul de cisterne in en ik zal niet zo stil baden omdat ik bang ben om in mijn naaktheid te worden gevangen door onbekende mensen. Met een paar stappen, kom ik op de bestemming, trek mijn kleren uit en gooi ik koud water op mijn lichaam. Ik wrijf mezelf, zeep mezelf en speel wat meer water en als ik me wassen, maak ik ook gebruik om een beetje over mijn eigen baan te denken. Waar zou dat me heen brengen? Hij had al te maken met de grot, uitdagingen, de berg, de Eldorado en nog steeds kennis van kennis. Van een simpele dromer had hij de machtige ziener gepasseerd, in staat om wonderen te verrichten, maar me nog niet had uitgevoerd. De stappen van de evolutie zouden één voor één gevonden worden en de sluiers van echt belangrijke verhalen zouden onthuld worden. Dat is wat ik heb voorgesteld en hoopte succes te boeken. Het grotere doel was gelukkig te zijn.

Ik blijf in bad, ik raak mijn gevoelige delen aan en vraag me af hoe belangrijk het was om de focus, de integriteit, mijn waarden in welke omstandigheden dan ook te houden. Uiteindelijk was het werken met toewijding en volharding het geheim van de overwinning. Met deze ingrediënten ontdekte ik mezelf en opende mezelf voor de wereld en zou ik altijd zo blijven handelen.

Ik speel wat meer water in het lichaam, gebruik zeep, shampoo en zeep en probeer alle onzuiverheden te verwijderen. Als ik klaar ben, spoel ik, neem mijn handdoek, droog ik en ga het huis binnen. Ik laat het Renato weten en hij gaat douchen. Kort daarna wordt Angel eindelijk wakker. Ik groet hem en trek mijn kleren aan. Als ik in goede voorwaarde ben, benader ik het en tot mijn verrassing is de koffie klaar. Hij nodigt me uit om te eten en ik accepteer het omdat ik honger had.

Het ontbijt bestaat uit typische vruchten van het bos, zoals cashewnoten, ananas, watermeloen, palmfruit, naast de traditionele maniok. Een echt feest van de goden. We aten in stilte, we laten er een paar over aan Renato die terugkomt uit het bad. Als iedereen tevreden is, begint het gesprek.

"Zijn jullie klaar, dromers? De uitdaging is gelanceerd. (Angel Vraag)

"Ja. Wat moeten we doen en waar gaat het over? (Ik vraag)

"We willen alle details. (Renato)

"De eerste uitdaging is de gave van wijsheid. Deze gave heeft sinds de oudheid geholpen in de evolutie van de mensheid en de mens een beetje meer menselijk gemaakt. De uitdaging is om naar het noordoosten van de site te gaan en een oude puzzel te ontcijferen die spontaan aan jullie zal presenteren. Als ze fouten maken, zullen ze de toorn van de goden wekken die ernstige gevolgen kunnen hebben. Maar maak je geen zorgen, ik vertrouw je helemaal. (De Meester)

"Hoe moeten we ons gedragen? (We vroegen in koor)

"De vraag is duidelijk. Handel met gezond verstand en de wijsheid van de nederige. Het wordt bereikt door continu gebed en meditatie, maar onthoud, het is niet de moeite waard om vals te spelen," zei hij.

"Wanneer moeten we gaan? (Ik vraag)

"Op dit moment, omdat tijd van onmisbaar belang is. Veel geluk en hou contact met de binnenkant van je. (De oudere)

Angel komt dichterbij, knuffelt ons en zegt eindelijk afscheid. We namen een rugzak met eten en een fles water en zijn uiteindelijk uit het huisje. We zoeken naar het dichtstbijzijnde pad dat toegang geeft tot het noordoosten van de site en als we het vinden, zijn we begonnen met de wandeling. Ondanks alle moeilijkheden die onderweg zijn, gaan we in een goed tempo verder en praten we met elkaar om de beste strategie voor te bereiden. Wat wachtte er op ons? Angeles vage nominatie liet ons vol twijfels, maar we hadden geen andere keus dan het te riskeren en erachter te komen.

Onderweg zien we stenen, vogels, doornen, innerlijke stemmen die ons leiden en de gedachte provocerende kracht die het universum beweegt dat velen God of het lot noemen. Bij elke stap die genomen is, lijkt het erop dat we het al kunnen ontcijferen ondanks onze onervarenheid. Wat zou er gebeuren? Het maakte niet uit. Het belangrijkste was onze inzet, het was het moment dat misschien niet herhaalde. We konden deze kans niet verspillen, omdat ik al veel van mijn leven verspild had aan mijn voorwaarde. Op een gegeven moment werd ik wakker en was bereid om samen met Renato te leven, ongelooflijke avonturen die ons misschien niet door de daden zelf troosten, maar door moed. Dit was het sleutelwoord: moed.

Opgewonden door deze kracht, blijven we ons vastklampen in het maagdelijke bos zoeken naar iets wat niet gezien is of dat niemand ooit had gezien. Daarmee gaat de tijd voorbij. Na ongeveer twee uur kwamen we precies aan in het centrum van het noordoosten van de Fundão site en er was niets (helemaal niets) gebeurd. Uitgeput door de inspanning van de zoektocht, besloten we in een dicht bij open plek te zitten, eten en te drinken. We sloten onze ogen, rustten een beetje en toen we openden, hebben we een grote verrassing: de hemel was verdwenen, kleurrijke wolken omringd ons, onze lichamen zweven in de lucht met gemak. Zelfs als we eerst vroegen wat er gebeurde, komen drie mooie engelen ons in glorie, wat ons veel angst veroorzaakt. Als ze dichtbij komen, houden ze telepathisch contact en geruststellen ons, en zeggen dat ze geen kwaad zullen doen dat ze alleen boodschappers zijn van wijsheid. Ze vragen of we echt de gave van wijsheid willen ontdekken? We antwoorden ja en ze stellen ons een raadsel voor: wat doen twee vrienden die drie niet kunnen doen? En ze geven ons vijf minuten om na te denken. Ze waarschuwen ons dat als we fout zaten, we in een bodemloze afgrond zouden vallen.

Renato en ik begonnen over de mogelijkheden te discussiëren. We praten over alles een beetje, we ruziën, we wisselen ervaringen uit. Aan het eind van de tijd, gebruik van mijn ervaring, heb ik een antwoord ondanks dat ik niet zeker weet dat het correct is. Ik neem contact op met de engelen, ik geef mentaal het antwoord door: deel een geheim aan twee. Ze verzamelen zich in cirkels, mysterieuze gebeden, de aarde trilt, de hemel donkert en aan het einde van het ritueel wordt een verschroeiende vuurbal tegen ons lichaam gegooid. We zijn bang, we proberen te vluchten, maar we hebben huisarrest. Tegen onze wil zijn we omringd door vuur, maar tot onze verrassing verbrandt het ons niet, maar voltooit ons, het is duidelijk, perfect en doorheen absorberen we wijsheid, het eerste geschenk van de Heilige Geest.

Het volgende moment, de emotie van het moment laat me in trance gaan en een snelle blik maken: Matheus, was een naïeve, opgeleide, intelligente jongeman, met goede vaardigheden, omdat hij de zoon van kooplieden uit de stad Recife was. De tijd waarin hij leeft is de achttiende eeuw, rijk seizoen, maar vol mysteries en misverstanden. Hetzelfde heeft verschillende vrienden, regelt verschillende vriendinnen die door de vader zijn aangegeven, maar heeft geen affiniteit met een of andere en besluit eerst niet te trouwen ondanks aan te dringen van de familie omdat hij gelooft in ware liefde. Zijn beslissing wordt gerespecteerd ondanks de strenge normen van die tijd. Maar op een mooie dag ontmoet je Margareta, een jonge buitenlander, op school. De twee gaan uit, praten, worden verliefd en na een tijd van co-existentie communiceren met hun ouders. De bruiloft wordt geaccepteerd en de dag is een geweldig feest. Na de bruiloft, en met ongeveer dertig dagen huwelijk, onthult Margaret een geheim aan haar man: ze was een tovenares en had een contract met de "duisternis", maar hield nog steeds van hem. Tussen verrast en teleurgesteld, reageert Matheus een beetje en besluit haar niet te verlaten omdat hij van haar hield als zichzelf. Ze vroeg alleen om discretie zodat ze niet opgepakt zou worden door de rechtbank van de inquisitie. Margaret beloofde dat ze de nodige voorzorgsmaatregelen zou nemen. Het is drie jaar geleden dat we verdenkingen wekken. Maar op een mooie dag werd ze ontdekt, gearresteerd, geprobeerd, en dagen later driemaandelijks op een openbaar plein en uiteindelijk gedood. Matheus volgde alleen van ver, bang dat ze beschuldigd worden van medeplichtigheid. Daarna raakte hij in een ernstige depressie, liep weg van de samenleving en werd hij in waanzin opgenomen in een psychiatrische instelling. Toen hij zijn geestelijke gezondheid terugkeerde, besloot hij alles te vergeten, en uiteindelijk vond hij een andere vrouw, die behoort tot zijn religie en met haar drie kinderen. Margaret was een herinnering die ze in haar hart zou laten gegraveerd, zoals elk ander moment van haar leven. Nu zou hij in vrede leven met zijn huidige vrouw en drie kinderen. "We hebben allemaal het recht om keuzes te maken in het leven, we kunnen zelfs fouten maken, maar alles wat we leven dient als leren zodat we nieuwe ervaringen kunnen beleven en eindelijk het blijvende geluk kunnen bereiken."

Het visioen gaat uit. In een oogwenk keren we terug naar de open plek, in het noordoosten van de Fundão site. In onderlinge overeenstemming besloten we terug te gaan naar het kleine huis en we vertrokken. We namen hetzelfde spoor en gingen terug. Onderweg maken we plannen voor de volgende stappen op de site en beloven altijd te werken als een team en met veel toewijding. Waar zouden we heen gaan? Op dit moment was het onmogelijk te voorspellen, maar als het aan ons lag, zou de hemel de limiet zijn.

De tijd gaat voorbij, we blijven stevig en snelle stappen lopen, en als we het minst verwachten, bereiken we de bestemming. We gaan het kleine huis binnen en zoeken de meester om de ervaringen te delen. Wat zou er nu gebeuren? Blijf bij, lezer.

Het geassimileerde leren van "wijsheid"

We ontmoeten Angel weer in het deel dat verwijst naar de kamer die rust in een stoel. We knuffelen en hij nodigt ons ook uit om te gaan zitten. Als we elkaar tegenkomen, begint het een dialoog.

"Wat is er? Kunt u me vertellen over de ervaringen die u in deze eerste fase hebt geleefd?

"We volgden uw advies op en namen een spoor naar het noordoosten. Na veel moeite kwamen we op de aangegeven plaats aan, maar er gebeurde lange tijd niets. Nadat we onze ogen sluiten, gebeurt er een wonder, verandert het landschap, en drie vreemden stellen ons een raadsel voor. Met alleen vijf minuten om na te denken, spraken we met elkaar en uiteindelijk bereikten we een gemeenschappelijke noemer. Zelfs zonder zeker te zijn, antwoordde ik, we kwamen in contact met het eerste geschenk van de geest en ik beken dat het prachtig was. Toen had ik een visioen dat mijn kennis aanvulde. (I, de ziener)

"Ik heb hem tijdens het hele proces begeleid en ik beken dat het moeilijk was om in zo'n korte tijd een oplossing te vinden. Maar we hadden een beetje ervaring, we gebruikten gezond verstand en vonden een reactie onder verschillende mogelijke. Het was het allemaal waard omdat we de oude kennis recycleerden en nieuwe creëerden. (Aanvullende Renato)

"Oké. Gefeliciteerd, allebei. Nu je veranderd bent, kun je me vertellen wat wijsheid is? (Gevraagde gastheer)

"Het is het geschenk van de geest die verantwoordelijk is voor het creëren, reflectie, leren capaciteit en die verbindt de gevoelens en functies van de hersenen. Het is een nodig geschenk voor menselijke, sociale, morele, spirituele evolutie waardoor we dichter bij God komen. Sinds het begin van de tijd wordt het altijd gezocht en verlangd door stervelingen, die zich toont aan de eenvoudigste, nederigste en uitgesloten van onze samenleving. (I, de ziener)

"Wijsheid leidt me in mijn keuzes, dromen en levensprojecten. In de beslissende momenten, raadpleeg ik haar naar binnen en ze met de pijlfunctie laat me zien hoe ik kan helpen. Over een paar jaar moeten we de kaart volgen om succes te bereiken. (Renato)

"Geweldig. Nu je dit geschenk hebt ontdekt, kun je al een breder beeld hebben van alles wat er om je heen gebeurt en voordat je het niet begreep. We kunnen nu beginnen met trainen. Wil je de cadeaus blijven ontdekken? (Angel Vraag)

"Ik weet het zeker. We zijn hier niet toevallig. Wat moeten we doen? (Ik vraag)

"We zijn voorbereid. (Akkoord Renato)

"Eerst, terwijl ik de lunch klaarmaak, ruim het huis op. Deze oefening versterkt de spieren en bezet de geest. Als we eten, leg ik uit wat we moeten doen. Oké? (De Meester)

"Het is in orde. Accepteer. (We reageren in koor)

Engel gaat naar de kleine keuken, naast de houtkachel die voor het eten zorgt terwijl Renato en ik de bezem, schop en een vochtige doek oppikken om ons te helpen schoon te maken. Als we beginnen met het werk, worden we een beetje afgeleid en herinneren ons het vorige avontuur. Hoe vaak hebben we de piraten niet met huishoudelijk werk moeten helpen? We hadden het schip schoongemaakt, afwas en alles was een groot leer ondanks de angst voor het onbekende en de roem die de piraten hadden. Na verloop van tijd ontdekten we dat het prachtige en gewone mensen waren.

We woonden samen met Angel, een man bijna eeuwenoud, verondersteld homoseksueel, houder van de gaven van de Heilige Geest, die de geschiedenis had gecreëerd in een tijdperk vol vooroordelen en autoritaire elites. Vanaf het begin bewonderden we zijn moed, medeleven en kennis. Hij kan ons toch wel helpen?

We blijven opruimen en blijven goed op alle details. We organiseren de rommel, stof de weinige meubels en vegen alle delen van het kleine huis. Tot slot halen we de overtollige klei van de vloer. Op het einde, geeft Angel een beetje schreeuwen en roept ons naar de keuken. Met een paar stappen, komen we aan de bestemming, zitten we aan tafel en de gastheer begint ons vriendelijk te dienen. We hadden rijst, groene bonen, cassave meel, tomaten en kip. We waren moe en hongerig.

Daarom eten we binnen een kwartier. We houden van het eten. Na een korte stilte, hebben we een gesprek gevoerd.

"Wat is deze training? Hoe moeilijk is het? (Ik vraag)

"Vanaf het tweede geschenk zullen de uitdagingen groter zijn, en voordat ik je onder ogen kom, wil ik een deel van wat ik van het leven voor je heb geleerd doorgeven. Maar maak je geen zorgen, het is geen eliminatie. Het doel is om je kennis te vergroten zodat je de juiste beslissingen op de juiste momenten neemt. (Angel)

"Ik snap het. Wanneer beginnen we dan? (Renato)

"Nu. Haal wat eten en water en we gaan naar het zuidwesten van de site. (Orde de baas)

We gehoorzamen Angel. Als we klaar zijn, verlaten we het kleine huis op zoek naar het dichtstbijzijnde pad dat ons naar de richting leidt. Door haar te vinden, hebben we ons tempo verhoogd. Wat zou er nu gebeuren? Blijf bij, lezers.

Het begin van de wandeling wekt nieuwsgierigheid. Hoewel we in een snel tempo blijven lopen, hebben we tijd om de natuur, het klimaat en de aanwezigheid van onze meester te waarderen. Bij elke stap en elk nieuw landschap, zijn we het nooit moe om onze gids te vragen en hij legt ons alles uit, op een geweldige reis door de tijd. Met informatie stellen we ons situaties voor alsof ze nu al zijn en dat geeft ons ook een beetje plezier en angst. Waar zouden deze mensen lijden aan het noordoosten van de vroege 20e eeuw? De levende, net als Angel, stond tegenover een technologische wereld vol uitvindingen, maar nog steeds moreel achterlijk. Degenen die dood waren zouden verdeeld worden over de drie spirituele sferen die bestonden naar het gedrag van ieder gedurende hun leven: de hel, de hemel en de stad van de mensheid. Maar het leven ging op een of andere manier door.

We blijven lopen. We gaan verder op het pad en op een bepaald moment vraagt Angel ons te stoppen. Hij leent de rugzak, neemt de waterfles en drinkt wat. Vraag ons hetzelfde te doen. We hebben even pauze genomen om over algemene kwesties te praten. Als we volledig herstellen, gaan we verder met het spoor. We hebben een lange tijd gelopen zonder vragen of vragen. Ik volg gewoon de voetstappen van de huidige meester net zoals we de andere keren deden. Na meer dan een uur lopen hebben we toegang tot een kleine rij huizen, ongeveer vijftig, gescheiden van elkaar. We volgen onze meester en hij brengt ons naar een eenvoudig huis, metselwerk, huisstijl, en van maximaal vijftig vierkanten meter. Hij klopt op de deur, we wachten een beetje, en van binnen komt een oude dame, kort, zwart haar en lichtbruine ogen. Ze is verrast, benadert met moeilijkheden, en als ze dichterbij komt geeft Angel een grote knuffel. Het nodigt ons uit om binnen te komen, we accepteren en we blijven een tijdje zonder begrip tot de presentaties zijn gedaan.

"Marcella, dit zijn mijn leerlingen: Aldivan de ziener, (kleinzoon van onze metgezel Vietor) en Renato. Ik bracht ze hier zodat ik ze kon ontmoeten en met ze kon praten. Marcella was een van de leden van onze vrijbuiter groep, Angel legde uit.

"Blij, Marcella. (We reageren in koor)

"Het genoegen is geheel aan mijn kant, schatjes. Bedoel je dat je een training met Angel gaat volgen? Gefeliciteerd met je moed. Wat jullie leren zal voor de rest van jullie leven van grote waarde zijn. Het is makkelijker vandaag. Vroeger moesten we hard werken om vooruitgang te boeken. (Marcella noteert)

"Kunt u ons iets vertellen over uw tijd? (Ik vraag)

Een beetje. Ik herinner me liever alleen de goede dingen en de prestaties. Ik, Angel, Vietor, Rafael, Penelope, Cardoso en anderen vormden een groep wrekers tegen de vraag van de elites van onze tijd. We hebben tegen onrecht in het algemeen gevochten, ter verdediging van de armen, de uitgesloten en de gemarginaliseerde. We hebben lang gewerkt, we hebben ons bewust gemaakt van de algemene bevolking en het bereiken van overwinningen en nederlagen. Maar het was een wrede tijd van onderdrukking en pas na lange tijd hebben we praktische resultaten. Het belangrijkste is dat we gelukkig waren of bijna iedereen.

Na dit te hebben gezegd, verscheen een lichte uitdrukking van verdriet op Marcella's al gerimpelde gezicht. We voelden het weer een beetje zwaar.

"Het spijt me dat ik je liet lijden. Ik wist niet van je verdriet. (De Ziener)

"Het is in orde. Het is er een deel van. En je,

jongeman, geniet je van de rit naar de plek? (Verwijst naar Renato)

"Ik ben in orde. Hoewel ik het geen rit beschouw, maar een baan met mijn avontuurden," antwoordde hij.

"Marcella, kunt u hen vertellen over uw ervaring met "Begrijpen" en u helpen bij uw zoektocht? (Verzoek om engel)

"Natuurlijk. In het begrijpen is elke ervaring uniek en veroorzaakt een waar spijt, een verlangen om het licht volledig te openen. Het maakt ons een breedbeeld van ons persoonlijke leven, van anderen, en de beste manier om te handelen. Als we begrip krijgen, hebben we een brede macht om ons leven op de meest geschikte manier te leiden. Het advies dat ik geef is dat je niet bang bent om risico te nemen of de gevolgen... omdat het beter is om spijt te tonen dan ooit. Veel succes voor jullie beiden. (Hetzelfde beantwoord)

"Dank u, dank u. We bewonderen haar omdat ze deel uitmaakt van de groep van burgerwacht, legendarische wezens van het noordoosten en we zullen mediteren over haar oriëntaties. Bedankt voor alles. (I, de ziener)

"Ik maak mijn woorden de jouwe. (Renato)

"Het is in orde. Je kunt nu gaan. Blijf rijden naar het zuidwesten. De uitdaging zal zich aan u voordoen. Ik ga nog wat meer praten met mijn vriend Marcella. Ik zie je straks thuis. (Angel)

We gehoorzamen de meester, nemen afscheid van onze nieuwe vriend en verlaten zijn huis. We hebben weer hetzelfde spoor gevolgd. Wat zou er gebeuren? Blijf bij, lezer.

Einde

www.ingramcontent.com/pod-product-compliance
Lightning Source LLC
LaVergne TN
LVHW020440080526
838202LV00055B/5279